福寿草

YUMEJI Haru

夢路 はる

文芸社

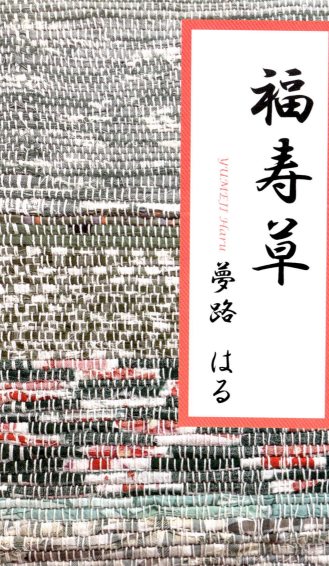

発行に当たって

戦後の昭和は、端的な言葉で表現すると希望や夢の膨らんだ時代。

平成は、次から次へと便利な生活で夢がかなった代わりに、自然破壊が進み地球温暖化現象がおき、あちこちで大きな自然災害がおきてしまった時代。

令和は、海外での思いもよらない戦争勃発、国同士の終わりの見えない悲惨な戦争とコロナ禍の中、これまでの社会システムが大きく変わってしまった。それに加え、産業の発達により、人間に代わる様々なロボットが登場し始め、良きも悪しきも人間関係も大きく変わり始め、昭和生まれの私には、追いついていけぬ程の時代の新しい流れがどっと押し寄せてきた。

便利ではあるがこの先一抹の不安さえも感じる令和の時代。そんな時代に流されてきた日々の中で、その時々にふとわき起こった想い、願いなどをこの本にまとめてみました。楽しんで読んでいただけたなら幸いです。

文・絵　夢路はる
表紙デザイン　渡辺シゲ

目次

発行に当たって 3

詩集 5
歩こう歩こう 6
カフェ猫 7
鉛筆削り 7
今が我慢のしどころだ 8
北風と私 9
雪の朝 10
北風さんのお誘いで 11
涙 11
あさり汁 12
ほどほどがいい 13
こんな名前はごめんだ 14
叶わぬ願い… 15
鳥さん 16

随筆 17
我慢 18
解けた謎 21
痛恨の思い出 23

創作集 29
ムクちゃんのぼやき 30
へびくんのため息 35
モグちゃんの願い 38
コロナウイルスが変えたある若者の人生 45
詐欺青年たちとおばあさん 56

希望 75
猿の惑星から 76

詩集

歩こう歩こう

悲しい時は　前を向いて歩こう歩こう
風が
きみの涙を吹き飛ばしてくれるよ
足元の草花が
君の笑顔をとりもどしてくれるよ
木の葉のささやきが
忘れかけていた君の夢を思い起こしてくれるよ
お日さまが
凍ってしまった君の心をやさしく溶かしてくれ
るよ
入道雲が
君の心に　もくもくと勇気を湧き立たせてくれ
るよ
周りの自然のすべてが君をすっぽりやさしく包
んでくれて
元の元気な君を取り戻してくれるよ

だから　そこに立ちどまらずに
歩こう　歩こう　胸はって
前へ　前へと……

カフェ猫

お手入ればっちり
毛並みツヤツヤ
お腹いっぱい
ふっくらソファーには
入れ代わり立ち代わりのお客様方
頭や体を撫でられ
お客のお膝でおねんね猫ちゃん
今ごろは　仲間と
広い野原を
思いのままに汚れほうだい
走ったり
飛んだり
跳ねたりして……
駆け回っている
素敵な笑顔の
夢の中にいるのかな

鉛筆削り

子どもの頃、
野山を駆けずり回っているのが大好きだった私
机に向かうと　先ず鉛筆削りの始まりだ
鉛筆削りのナイフを握る指先に全神経を注ぎ、
細くとがった芯にと……
夢中になって削ったものだ
それが…
大人になった今
あの削りの技がまな板の上で光る
ごぼうのささがき　野菜のみじん切り…などなど
速くて見事な手さばき
あの時の経験が　台所に立った今の私を
しっかりと支えてくれている
子どもの頃の鉛筆削り

今が我慢のしどころだ

ああ！　いつになったらコロナウイルスとおさらばできるのかな…
先が見えない不安…
家の中で友達もいない
テレビやスマホだけが相手
外ではマスクをして一人散歩
帽子にサングラス・マスクして銀行に入っても疑われない
友達との会話はマスクを通して
大きな声での笑いやおしゃべり禁止
みんなとの会食も禁止
帰省の旅行も極力自粛
祭り、イベントすべてお流れ
楽しみをすべて奪われてしまった中で人々はひたすらに孤独というかごの中に入れられてしまっている

コロナが消えてしまうまで
今がじっと我慢のしどころだ

北風と私

北風ピューピュー吹き荒れる中
風に向かって前進
チクリチクリと何万本もの冷たい細い針が
ほっぺめがけてつきささってくる
帽子やマフラーもさらってしまえと吹きあれて
前進を妨害しにやってくる
さあ、いたずら好きの北風と戦闘開始だ
負けるものかと
背中を丸めてうつむき加減で
片手で帽子を押さえ
残りの片手でマフラーをしっかり握り
飛ばされまいぞ飛ばされまいぞと
一歩一歩踏みしめ前進
さあどうだ　さあどうだといわんばかりの
北風の猛攻撃が続く
北風と私の戦いの昼下がり

雪の朝

雨戸を開くと
外は一面真っ白な雪景色
天からの贈り物と
寒さもなんのその…
一日中
夢中で雪に戯れていた子供の頃
でも　大人になった今では…
ああ……
雪かきもしなくては…
道が　ぐしゃぐしゃ…
人も車もスリップするし…
心に　重く重く雪が降り積もるばかり…
雪を待ちわびて
楽しくて
嬉しくて

雪と戯れていたあの頃の私は、
いったいどこへ溶けていってしまったんだろう

北風さんのお誘いで

福寿草

北風さんのお誘いで
路上に落ちた落葉さん
カラカラ　クルクル
ガサガサ　コロコロと笑いながら
道路のど真ん中で徒競走し始めたよ
突風さんにも誘われちゃって
ちょうちょのように　舞い上がり
ひらひらひらひら　くるくるくるくる
空中散歩しているよ

涙

別れの涙　悲しい涙　悔しい涙　切ない涙
喜びの涙　感動の涙……
人々はその時々にいろんな涙を流す
落ちた涙が地面をうるおす
昔も今も　これから先もずうっと…
そんな多くの人々を乗せて
地球は、うるおいながら
ゆっくりゆっくり回っている　休むことなく
いつまでも…
いつまでも……

あさり汁

塩水の中で殻からひょっこり顔をのぞかせてい
る開放的なあさりさん
じっと貝殻を閉じたままの臆病者のあさりさん
そんな彼らを鍋に入れ、火にかける
しばらくすると熱さを感じたあさりさん
ひょこひょこと顔を出す
しばらくすると
熱さに耐え切れなくなって
次々とガバと殻を全開にして
白いあぶくをブツブツと出し
透明な水を白濁色に変えていく
悪さもしていないのに五右衛門風呂とは
ああ、なんて気の毒なあさりさん
胸にチクリと針がささった感じ
でも、
大好きなあさり汁

ほどほどがいい

どんなに物が欲しく
ても　ほどほど持て
たら　それでいい。
物ばかりが増え過ぎ
て　部屋は狭くて住
みにくかろう

どんなに料理があっても　ほどほど食べたらそ
れでいい
あれもこれもと食べたなら　果ては肥満や病気
になっちゃうよ
どんなにお金が欲しくても　ほどほどあったら
それでいい
とかくお金は　贅沢ばかりをかりたてて　醜い
欲で膨れるばかり

どんなに権利が欲しくても　ほどほど持てたら
それでいい
とかく大きな権力は、傲慢・強欲ばかりを膨ら
ますばかり

政治家も長い続投ほどほどに
いつしか初心遠のいて、
口先ばかりが上達し　国民の声聞く耳遠のくば
かり

もっと便利な生活へ…との夢もほどほどに
これ以上地球汚染続けたならば
誰も住めない地球になっちゃうよ
そんな夢ならいらないよ

こんな名前はごめんだ

私の名前はボケ
ハ、と目の覚めるような真っ赤な花を咲かせて
いるのに…
ボケボケと呼ばないで
私のプライド台無しよ
こんな名前はごめんだわ

僕の名前はオオイヌノフグリ
紫色のこんなに小さな
かれんな花なのに…
大犬のフグリだなんて呼ばないで
恥ずかしいったらありゃしない
こんな名前ごめんだよ

私の名前はシラン
「この花の名前は」って聞かれても

誰もが「しらんしらん」って答えるばかり
紛らわしいったらありゃしない
こんな名前はごめんだわ

私の名前はドクダミ
こんなに純白な清楚な花なのに
どくとつくのは心外だわ
こんな名前はごめんだわ

僕の名前はヘクソカズラ
へ、クソなんて臭くて汚くて
鼻つまみたくなっちゃうよ
茶色で小粒な実が可愛い飾りに使われるほどな
のに…
こんな名前はまっぴらごめんだ

私の名前はアホウドリ
いつも　いつも
アホウ　アホウと呼ばれて
まったく腹がたつわ
かしこい鳥なのにまったく失礼ね
こんな名前はごめんだわ

僕の名前はスカンク
スカンクスカンクと呼ばれ　笑われて
これじゃ僕の面目丸つぶれ
こんな名前はもうごめんだぜ

私の名前はサギ
あの手この手で金をだまし取る
極悪人と同じに呼ばれるなんて
純白で気品に溢れる
美しい姿の鳥なのに…
こんな名前はごめんだわ

叶わぬ願い…

八十歳、私の歩んできたこれまでの人生を振り返ってみる
止まる事を知らぬ時の流れの中で　たくさんの人達に　支えられ　助けられ　共に笑い　時には悲しかった辛い事など…たくさんの思い出が次から次へと…
夜空に輝く　無数の色の星々のように・今は懐かしく　美しく　心に広がり　輝き続ける
ああ、出来るなら　もう一度
あの時に戻ってみたい…
あの人達に会ってみたい…

鳥さん

鳥さんのように　お空を　自由に飛び回り暮ら
してみたいな
いっそ鳥になって…
だがまてよ
鳥になってしまったら…
毎日　朝早くから餌探しに出かけなくっちゃ
それに　大きな天敵の鳥たちに襲われないよう
に一時も気を緩めることなく
体中のアンテナを張り巡らせていないとな
それに　巣作り　子育てと大忙しの毎日だ
こんなにのんびりとテレビを見たり　お昼寝し
たり
好きなことしてたりできないよ
やっぱり
羽がなくても　人間に生まれてきてよかったか
な

随筆

我慢

我々は、日常生活の中で我慢しなければならない時に直面する事が多々あるものです。

八十歳になった今になっても忘れられない程強く、心に残っている子供の頃の我慢の二つの思い出が、ふと懐かしくよみがえってくる事があります。


「赤いランドセルの思い出」

毎年四月の入学式に、色とりどりのランドセルを背負っているピカピカの一年生の姿を見るたびに「私も赤いランドセルを背負って登校してみたかったなあ…」と今でも羨ましく思える思い出です。

弁膜症で、今では手術で治る病気ですが当時五年生だった病弱な姉が亡くなった翌年の四月、私は小学校に入学しました。

敗戦後六年目の貧しい家の生活状況も分からぬ当時の私は、その頃出回ってきた赤いランドセルで登校する姿を描いて楽しみに入学を待っていました。しかし、その夢は、一瞬にして無残にも吹き飛んでしまいました。

母が、

「姉ちゃんが使っていたランドセルがあるよ。こんなに可愛いカバンだよ」

と見せてくれた母手製の灰色の厚手の布にアップリケの付いたランドセルでした。

心の中では、

「いやだあ、赤い革のランドセルの方がいい」と泣き叫んでいるのに…口に出して言えない胸の内をじっとこらえるのに精一杯でした。死んだ姉の枕もとで、号泣していた母の姿は、私にとって、何よりも辛く、悲しく、何もしてあげられない自分がいたから、子供ながらにもとても新しいランドセルの要求はできなくて、我慢のほかはありませんでした。


しばらくは、教室の後ろのロッカーに置いてある友達の数少ない赤いランドセルにちらちらと視線を注ぐ日々でしたが…いつの間にか赤いランドセルは心の中からあわのように消え去っていました。


「赤い傘の思い出」

珍しく「新しい傘を買ってあげるよ」と言われて喜んで母と店に行きました。

赤や青や黒の子供用の傘があったので、私は、赤の傘を選びました。すると母は、しばらく考え込んでいたようでしたが…、

「こちらの青の傘の方がいいよ」

と言ったので、すかさず私は、

「赤の方がいい」と言い返しましたが…結局、私の要望は却下され、悲しい気持ちで青の傘を持ち帰りました。しかしながら、母の考えている様子から、子供ながらにも、うすうす感付いてしまっていたのです。

弟も使えるようにとの考えであろうと…。二人に買ってあげる程のお金がなかったであろう事を…。

「赤いランドセル」「赤い傘」の二つの我慢の思い出は、今の私には、悲しく、悔しい気持ちを乗り越えて、我慢する心を育んでくれた貴重な体験のよう思えます。期待に添えなかった当時の母の切ない気持ちがひしひしと伝わってくるようで……。

母を恋しく、懐かしく感じるこの頃です。

解けた謎

「あれ、どうしてこうなるの」と日常生活の中で疑問に思った事はありませんか。

鉛筆のように消しゴムで簡単に消える万年筆があったら便利なのに…と思っていた矢先に、なんとペン先に付いている白い頭でこすると文字が消せるペンが店頭に出回り、とても便利でよく使っています。

しかしながら、正式な書類にはこのペンは、使えないと役所の窓口で言われて、どうしてだろうと常日頃疑問に思っていた。

そんなある日突然、電話の向こうで慌てて困惑している友達の声が耳に飛び込んできた。

「ごめんなさい。私、どうしよう。見せていただいた原稿の字が、しわを伸ばして返そうと低温でアイロンをかけたの。その瞬間、文字が全部消えてしまったの。どうしよう……」

と真面目で、人一倍責任感の強い彼女のおろおろと困っている姿が目に浮かぶ。

「大丈夫よー、コピーした文があるから」との返事に「ああ、よかった…」との彼女の安堵の声が耳元に届いた。

それにしてもどうして文字が消えてしまったのだろうか…とよくよく考えた。こすると消えるという事は……ああ、そうか、摩擦熱で消えるんだと…その時一気にこの謎が解けた。

これも彼女のお陰と電話で喜びを分かち合った。

紙のしわを伸ばして返してあげようと、私には、思いもよらなかった彼女の優しい想定外の行動である。

この時、誰かのふとした思わぬ行為が、思わぬヒントになり、発想豊かな新しい便利な物が色々と生まれてくるのかもしれない…と思った。

このペンの謎が解けた事は彼女の賜物と……彼女に感謝あるのみ……。

痛恨の思い出

誰にでも、今までの生活の中で一つや二つ忘れられない程に悔しい残念な（痛恨）の想い出があるのではないでしょうか…私もたくさんその想いを経験してきましたが……八十になった今でも忘れられない子供の頃の二つの痛恨の想いが懐かしく思い出されます。

「子ヤギと私」

たった今、生まれたばかりの子ヤギ。

子ヤギの体にまとわり付いている体液をかあさんヤギが、いとおしそうに体中をなめて取っていた。

しばらくすると、まだ充分乾ききっていない体なのに子ヤギは立ち上がろうともがいている。ふらふらしながらも必死で立つ事を試みている。それから数分後、ついに、自力で立ち上がった子ヤギ。かあさんの周りを歩き出した。

「こんなに早く一人で立ち、歩けるなんて」

と驚きと感動が、心にいっぱいひろがった。

しばらくすると、子ヤギは母親のお乳を探し当て、吸おうとしたところ、子ヤギの強い吸い方が痛かったからだろうか。かあさんヤギは、子ヤギが飲もうと乳房に近づくと、逃げ回り、いっこうに子ヤギに授乳させようとはしないで小屋の中を逃げ回っているばかりでした。

翌朝、子ヤギは力なくうずくまったまま。そこで、私に乳搾りの役と子ヤギへの授乳の役がまわってきた。

母が持たせてくれた温かいタオルを、教えられたとおりに母ヤギのパンパンには膨れあがった乳房にそっと当てると、それまで逃げ回っていたかあさんヤギは立ち止まり、私に乳しぼりを許可してくれた。ヤギの温かな体温が心地よく体に伝わってくる。

一升瓶の口に乳房をつけ、母の教えどおりに右手の親指でパンパンに張った乳房の先をしっかり握り、優しく人差し指、中指、薬指、小指の順に指を握っていく。すると勢いよく乳がシューシューとたまらなく心地よい音を立て、泡立って瓶の中に入っていく。左右交互にしばらく搾っていく内に乳房が萎んできた。瓶を持つ手にも乳の温かさが心地よく伝わってくる。

乳でいっぱいになった瓶を持ち帰ると、子ヤギに飲ませる搾りたての乳の入った薬瓶（病気の時用いる長い管のついてる薬瓶）で子ヤギに飲ませるようにと…母から手渡された。

元気のない座ったままのヤギは瓶の口を避け、左右に顔を振り、飲もうとしない。そこでいやがる子ヤギを押さえて、口をこじ開け、口の中に数滴乳をたらす。何度か繰り返すうちに、子ヤギは、口を開けたままガラス瓶の細い口から注がれる乳を飲み始めた。その時の喜びは今でも鮮明に心に強く焼き付いてる。

日を追うごとにその瓶を目にするやいなや子ヤギは、私に近づいて、乳をせがむようになってきた。

子ヤギと私の関係も日を追うごとに深まり、あたかも子ヤギのかあさんになったかのような気分でいた。草も食べるようになった子ヤギの餌の草取りにも自ら出かけ、子ヤギが草を美味しいそうに食べる様子を満ち足りた気分で見守る毎日が続いた。だが……そんな子ヤギと私の幸せは余りにも突然に奪われ、消え去ってしまった。

ある日、放課後学校から帰ると、いつもどおりにカバンを玄関先に置いたまま直ちに子ヤギの顔を見に小屋に向かった。ところが小屋には子ヤギがいない。いそいで家の中に駆け込むなり、

「ヤギがいない。どこに行っちゃったの子ヤギは……」

と大声で叫んだ。

「元気のいい雄の子ヤギが欲しいという通りがかりのおじさんにもらわれていったよ」

と祖母が答えた。

「え、どうして勝手に私に一言も言わないでやってしまったの」

「どこの家にもらわれて行ったか教えて……」

と泣き叫びながら、強い口調で聞いても祖母からの返事は返ってこなかった。悔しさと悲しさとが混じり合った怒りが胸の中で渦巻いて、うつむいたままの祖母に思い切りの罵声をあげてせめたてた。いなくなってしまった子ヤギが諦め切れず、悔しさと悲しみのどん底に落とされ、涙の止まらない夜をいく晩か過ごした。

子ヤギを失ってしまったその私の悲しみ、怒り、悔しさが薄らいでいく数日間、無言でじっと受け止め待っていてくれた祖母。

当時、雄ヤギまでも飼いきれない家の事情を母から聞かされた私は、憎まれ役の祖母につらく当たってしまった事を……「ばあちゃんあの時はごめんね」とそっと呟く。

今でも、子ヤギを失った事ときつい言葉を祖母に投げかけてしまった事は、私の心をちくりと刺す忘れられない痛恨の思い出である。


「すずめと私」

近寄るとすぐ逃げてしまう可愛いすずめ。けして、すずめを人の手の平に乗せることなど不可能だと思っていた子供の頃の私。

ある日、庭先にすずめが横たえていた。近づいて、手の平に乗せても、ぐったりと体を横たえたままである。よくみると羽の辺りに血がつき、傷ついているようである。そこで早速く薬（アカチン）を傷の辺りに塗り、空き箱にボロ布を敷き寝かせ、ご飯粒と水を入れて数日すずめの世話をした。そのかいあってか、すずめは日毎に元気を取り戻して、ある日どこかへ飛んでいってしまった。少々残念に思ったものの元気に羽ばたいていったことに安堵の喜びを感じていたある日、あのすずめが裏の庭先に元気な姿を見せるようになり、その内、差し出した私の手の平にとまったではないか。思わず嬉しくて、家族の前で手のひらに留まったままでいるすずめを得意気に見せびらかした。

「珍しい事だねー。すずめも人間が怖いものではない事を知ったんだだよ」

と家族全員がしばし、すずめの訪問を喜んで迎えたものだった。

裏庭に農作業の靴を履いたままで食事ができる、父の手製のテーブルを囲んでの食事の最中にすずめは、テーブルの上や家族の背や頭にちょこんと留まり、家族皆がこの珍しい可愛いすずめの訪問を喜び楽しんだものだった。

ある日、すずめの訪問で和やかな食事中に、突然、飼い猫の「ぶち」が、目にも留まらぬ速さですずめをくわえるや否や逃げ出した。「こら、ぶち」と必死で後を追いかけ猫を取り押さえた。しかしながら、ぐったりと横たえたすずめの目はもう開く事はなかった。悲しさと悔しさと怒りがこみ上げてきて、ぶちの体中を怒りに任せて思いきりたたいていた。そんな一瞬の出来事を目にしていた母が、

「残念だが…もうそのくらいにして、『ぶち』をたたく事はやめなさい。猫は、鳥なども襲う生き物だから。すずめには可哀そうでとても残念な事だけど…これ以上たたくのは可哀そうだ」

と私をたしなめた。たたくのは止めたものの、収まらない悲しさと悔しさをおさえながら、

「ごめんね。守ってあげられなくて…」

と泣きながら庭の隅にすずめを埋葬した。

子供の頃の悔しくも悲しい「子ヤギ」と「すずめ」の二つの出来事は、今でも私の忘れがたき痛恨の思い出です。

創作集

ムクちゃんのぼやき

私、むく鳥のムクちゃんです。

ねえ、人間の皆さん、私のぼやきにほんの少しの時間と耳を貸してくださらない…。

私たちむく鳥は、自然豊かな森林で害虫や木の実など色々な物を食べている雑食性の鳥なの。

体の大きさは、すずめさんより、およそ二、三倍位の大きさよ。それでも、天敵のタカや凶暴なカラスなどの大きな鳥たちに襲われやすいので、一羽での行動は、極力控えないといけないの。その為に、いつも仲間と行動を共にして、お互いに危険を知らせ合い、助け合いながら集団で暮らしているの。


私が住んでいるこの横浜市青葉区黒須田川付近一帯は、かっては豊かな森の田園風景が広がっていたので、じいちゃん、ばあちゃんのむくどりたちは、田畑などの作物を荒らす害虫を主食にしていた為、人間からは、「益鳥」とまでも呼ばれ重宝がられ、愛されていたんだって。でも、残念な事に、近年では、私たちむく鳥は、益鳥から一変して「害鳥」とか「害獣」などとひどい呼び方をされるようになってしまったの。

年を重ねるごとに、辺りに広がっていた田畑は、潰され、その跡地にたくさんの住宅がぎっしりと建ち並び、かつての農村地帯は、住宅地へと変わってしまったの。でも、ここの地区の一握り程の一角は市街化調整地区になっていた為に、わずかばかりの田畑や雑木林の自然が残っていたので、この地にとどまり、なんとか細々と暮らしているの。

すっかり減ってしまった虫や木の実などを探して毎日、朝から晩まで食べ物探しに身を粉にして飛び回っているのよ。

それなのに人間って、「早朝から鳴き声がうるさい…」など私たちを迷惑がったり、嫌っているのよ。ほんとに困っちゃうわ。

でもそれって、随分身勝手とは思わない。自分たちだって、走りまくる車の騒音や昼夜問わずパトカーのけたたましいサイレンをまき散らしているのに…この為に何度安眠を妨げられた事か。それでも文句も言えずに私たちはひたすら我慢しているのよ。

それに、苦労するのは、餌探しばかりじゃないの。

巣作りよ。巣作りの場所が極めて少なくなってしまった上に数年前までは、巣になりそうな住宅の家の戸袋などを見つけて巣作りをさせてもらっていたのに…近年では、ふんが落ちて汚く、掃除が大変との住民の苦情が高まり、多くの家が巣作りの場所をかたくなに拒んでしまったの。その為私たちは、大事な子孫を残す事さえ容易ならぬ大変な世の中になってしまったの。

せっかく愛しあっても悲しいかな、カップルになっても巣作りの場所が見つからず、子育てをあきらめざるを得ないカップルが多く出ているの。

幸いにも私の家族は、今時の人にはとても珍しい程に心が広く、優しいあるお兄ちゃんの住んでいるおよそ築二十数年以上にもなる古びた家の戸袋を借りて、今でも子育てを許可させて頂いているの。

だから、この古巣で、私たち姉妹も無事に育てられ、私は今ここに存在しているわけなの。この家の人たちには感謝してもしきれないくらいよ…。

かくて成長した私も大好きな夫のピピくんと結婚して、この戸袋の中の巣を使わせてもらって、子育てを始めようと考えていたの。でも、妹のピイコ夫婦も同じこの場所でと…考えていたらしいの。その為、私たち姉妹は「私たちの巣よ」「いや私たちの巣よ」と戸袋の戸口前で大ゲンカが始まってしまったの。数日間しばらく激しい争いを続けていたけれど決着がつかず、とうとう戸袋の目の前の電線にとまって四羽で、頭を突き合わせてあれこれとありったけの知恵を絞りだしながら話し合って、ようやく苦肉の策を打ち出したの。

どちらが、先に巣を使うかをじゃんけんで決めて、勝った方が初めにこの場所で子育てを開始する。四羽でひなに餌をたんと運び、ひなの早い成長をうながす協同飼育に踏み切ったの。

一方のカップルのひなが巣立ちすると待ったなし、次のカップルの子育てを素早く開始。姉妹夫婦で休む暇なく、目の回る程忙しく、あわただしい子育てよ。このように季節はずれの子育てを余儀なくさせられているの。後半だと餌が少なくなる時期に入るので、食欲旺盛なひなを育てるのはとても大変よ。

それに、ひなを狙って戸袋に近寄ってるカラスなどの輩の侵入を防ぐ為に、ひなのエサ運びの際も気付かれないように細心の注意を払い、周りをキョロキョロと確認してから戸袋に入る。狭い戸袋の中なので、餌をくわえたままで一羽が出るまで電線の上で待つ。相手が出たらすかさず入り一、二分の内に、敵に悟られないように外の安全を確認してから、飛び立ち、また餌探しに向かうの。雨の日も荒れた天候にも負けずに頑張って、頑張って、頑張っての日々なの。

それればかりじゃないのよ。狙ってるカラスを見つけると私たちは勇敢にも体をはってカラスを追い払う。ほんとに涙ぐましい姉妹夫婦の連携プレーによる子育てなの。

人間どもは、カラスがゴミ箱あさりもできない程にゴミ箱をネットでしっかりと囲んでしまったから、お腹のすいた彼らは更に凶暴になり、今まで襲わなかったスズメや私たちを襲うようになってしまったの。この前も、いきなりカラスに襲われそうになり、慌てて川沿いの木の植え込みの中に隠れて、カラスが立ち去るまでじっとして難を逃れたけれど…あの時は本当に怖かったわ。私だけではなく、ねこでさえ、数羽のカラスに狙われて、駐車場の車の下に隠れていたわ。油断も隙もあったもんじゃないわよ。

この様に私たちむく鳥だけでなく、この近辺に暮らしている鳥やタヌキやキツネなどの小動物たちもこの地では、生きていくのがとても大変な環境の中に追い込まれているの。

はたして人間は、私たち生き物の生命を危うくしているこの非常事態に気がついているのかしら…。

それとも彼ら以外の生き物の命にはまったく無関心なのかしら。毎朝、カラスたちのうるさい程の「やい、人間ども、地球はおまえたちのものばかりではないぞ…」との怒りの激しい抗議の鳴き声にも気付いていないのだろうか。

この地上に住む権利を、言葉で伝え、抗議できない残念な悲しい運命にある弱き生き物の私たちである。

この地球上に我々も生きる環境を残してほしい。

是非、人間と私たち鳥と動物が共生共存できる環境を、賢いあなたたち人間の持っている温かい心と優れた知恵と努力、行動力で実現してほしい。

そして、私たち弱き生き物にも明るい未来の夢を抱かせて欲しい…と願うばかりの私、むくどりのムクちゃんです。

へびくんのため息

「僕は、どうして人間にこうも忌み嫌われるのだろうか…人間と仲良くなりたいのに…」

と常日頃思いながら須田川沿いに住んでいるへびのピー吉です。

でも、悲しいかな…昔から、ヤモリ、トカゲなど我々爬虫類は、どうも人間にとっては苦手な存在の生き物であるらしい。その中でもだんとつに忌み嫌われているのが、おいらへびたちである。

敵に襲われた時には、身の安全の為に猛毒を出す小柄なマムシくんもいるが…青大将くんなどは、図体は大きいが、襲われない限り、人間対して、攻撃はせず、その場から体をくねくねくねらせながら素早く草むらの中にそっと身を隠し、人目につかないようにしているだけなのに…何故か僕らの姿を目にしただけで、人間は、恐れ、気持ち悪いと忌み嫌い、逃げ出すのである。

中にはおいらたちに親しみを感じている人間もいるらしいが…それはほんの一握りの稀な人間で、残念ながら僕は生まれてからこのかた、そんな人間と出合った事がないんだ。

黒須田川沿いに住んでいるおいらは、かもの子供や周辺に住む小動物を餌に細々と目立たぬように遠慮がちに生きているのだが…。

つい先日、長い冬の寒さからやっと解き放たれ、ぽかぽか陽気に誘われて、川沿いの小道のフェンス越しの草むらの上で、冷えきった体を温めようと心地よくうとうとと昼寝をしてたら、突然に耳元で「あ、蛇だ」と大きな声で叫びながら全速力で一目散に逃げていくばあさんに出会った。普段は、ゆったりゆっくりの歩行なのに…あんなに速く走れるじゃんとあっけにとられて、口を閉じるのも忘れたまま僕は、彼女の後ろ姿を見送っていたもんだ。

また、ある時は、僕が、川沿いの道を横切ろうとしていた時の事だ。向こうから歩いてきた老婆、ふと目の前のおいらの存在に気が付いた瞬間、「キャー」と叫び、はっ、と立ち止まり、くるりと体の向きを変え、もときた道へ彼女の持てる全速力で引き返していった。わざわざ遠廻りをして僕を避けて行った人間たちにも何度か出会った事がある。せっかくお会いできたというのに…。

それどころか昨年は、痛い目にもあってしまったのだ。

狭い道をおいらが、横切ろうとしていた時おいらに気付かずにスピードを出して自転車に乗った女性が前方からやって来た。そこで彼女は、数メートル先にいる目の前のおいらの存在に気が付くやいなや、またまた「わあー、きゃー」と大声で叫びながら、フルスピードでペダルを踏み、僕の体の上で両足を思い切り高く高く上げたまま、通過していっちまった。その時は、悲鳴をあげるくらい痛かったよ。今でもあの時轢かれた体の箇所がズキズキ痛むんだ。特に寒い冬なんかは、余計に体にこたえるんだ。ただ道を横切ろうとしていただけなのに…止まってくれてもよさそうなものなのに…「ごめんね」の一言も言わないままで…通過してしまうなんて…。

まだまだあるんだよ。

ある夕方、冬眠から目覚めて腹ペコなおいらは、川底で獲物を探していると、「あ、へびだ」とフェンス越しに、数人の人間の言葉が飛び交い、怖れが混じった目つきでじっとおいらを見下ろしているではないか。逆においらの方がひやひやしながら、人間どもの冷たい視線を全身に痛い程感じながら額から脂汗が出る想いで、彼らが早くその場を立ち去ってくれるのを願いながらまるで全身が凍りついてしまったかのように、身動きできないままじっとそこに体を横たえていた事もあったんだ。ただのホースのような長い体型だけなのに…どうして僕たちの存在は人間に敬遠されているのだろうか…もっと奇妙な体型を持つ生き物も多く存在しているのに…。

それは、生前から人間と我ら蛇との間には、何かよからぬ因果関係でもあったのだろうか…それは、計り知れないことだけれども…。

おいらの爺さんから聞いた話だけど、かつてこの国の戦時中や敗戦直後の頃は、食べ物や薬などに事欠いていたので、人間はおいらたちを捕まえ、皮をはいで焼いて肉の代用にしたり、生き血を栄養剤として飲んだり、マムシの焼酎づけが当時薬や栄養剤としての飲み物にされていたとか…。それこそ、蛇の方が人間を怖がっていたのではないかと思われる話である。だから、人間に出くわすとおいらたちは、そっと見つからないように素早く逃げ、隠れるようになってしまったのではないかな…と思う時もあるんだよ。

ネコや犬に注ぐあの優しい眼差しとはいかないまでもおいらたちに出会っても、慌てて逃げないで…できる事なら、僕たちにも少しばかりの優しい視線を注いで欲しいものだと…願うおいらなのさ……。

モグちゃんの願い

ぼくは、横浜市で暮らしているもぐらのモグちゃんです。

「見上げてごらん…」とか「上を向いて歩こう…」とか、かつての昭和の時代に、大ヒットした歌のように人間という生き物は、頭上の空を見上げて、遥か彼方の宇宙に憧れ、夢を膨らませている事が多いよね。だから「下を向いて歩こう」なんて歌は全くと言っていい程、耳にした事がない。人間が下を向いている時って、どちらかというと、何か物を探している時とか、気持ちが落ち込んでいる時が多いよね。そんな君たちの立っている地面の下で暮らしているのが、僕たちもぐらなんだ。

多分、君たち人間は、地下は暗闇の汚い世界だ。そんな世界はまっぴらごめんと思うかもしれないが…いやいや、どうしてどうして、一年中、地下は、温度や湿度の変化が少なく、暑くもなく、寒くもなく快適な空間なんだ。

それに僕らにとって怖い天敵もほとんどいないので安心、安全な場所なんだよ。

おまけに地中には、僕らの大好物のミミズや昆虫の幼虫がたくさん潜んでいて、まさしく僕らにとってはパラダイスと言った所なんだ。

実は、地下には驚く程、昔から今日に至るまで、代々、僕らもぐらが作った長い壮大なトンネルの空間の世界が広がっているんだ。

トンネル中央の広い幹線道路から、大木から枝分かれしたような短いトンネルがいくつもあちこちに掘られ、その先に僕らの巣穴が作られているんだよ。穴の家の中は、居間、寝室、トイレ、食料貯蔵庫など、人間の住まいに劣らぬ幾つかの部屋に分かれているんだ。

きれい好きな僕らは、部屋の中では、いつも気持ち良くゴロゴロ寝そべったり、伸び上がったり、毛繕いしやすいように、狭くなってよごれてきた部屋の掃除や修繕、それに満杯になったトイレの汲み出しなど…いらなくなった土を地面の入り口に捨てて、いつも清潔で快適な生活環境を心がけているんだよ。そこで僕らは、持ち前の鋭い臭覚とひげの感覚を使って、地中に潜んでいるミミズや虫の幼虫などを見つけて食べて暮らしているのさ。

戦いを好まぬ僕らは、地下に住む他の仲間との無駄な争い事は、お互いに避け、助け合ってみんな平和でささやかに暮らしているんだ。

小さくて深い穴掘りが苦手なヒミズ君やねずみ君たちが彼らの天敵から逃れたり、雨の時の一時避難所として空き部屋を彼等に提供してあげているんだ。もちろん無料でね。

地下では、人間のように恐ろしい兵器なんて造ってないよ。もしトラブルが起きたとしても、お互いに正々堂々と体と体のぶつかり合いのみさ。人間みたいに卑怯な武器を使って、お互いに殺し合うそんな恐ろしい、馬鹿げた事はしないよ。その点では、僕らは、とても心優しく、賢い生き物なのさ。

ここで僕らもぐらの身体的特徴をそっとお教えしよう。

僕らは、仲間のヒミズ君よりもひと回りぐらい体が大きいんだ。それに穴掘りに適した体型をしている。

目は長い間の地中暮らしで退化してしまって、今はほとんど見えないけど、明るさだけは、わずかに感じられるんだ。それに、聴覚は鋭く、かすかな音や振動を敏感に感知し、獲物を捕らえたり、外敵の存在を素早く察知して逃げる事ができるんだ。

体を覆っている毛は皮膚から垂直に生え、ビロードのようになっているため、トンネルの中を前後左右自由自在に動く事ができるんだよ。この様に僕らは、地下生活をするように進化した生き物なんだ。

それに、土を掘る為の手を動かす腕や胸部の筋肉がとても強力に発達しているんだよ。つまり、僕らの体は、体全体がトンネル造りの機械のようなものさ。

大好物のミミズや幼虫は鋭い臭覚と長くて敏感な感覚を持っているひげで探し当てると、自由自在に動ける体で、獲物を素早く、確実に捕獲する事ができるんだ。

餌となるミミズ君は、枯れた落ち葉を食べ、小さなかたまりの糞を排泄し、柔らかい栄養たっぷりな腐葉土を作って森の草木を大きく成長させる大切な役目を果たしているんだ。

僕らもトンネルを掘り、地中に空気を入れたり、土を地表に出して攪拌する（モグラ塚）など、ミミズ君に劣らぬ大切な森を担って、豊かな森林を育てるのに一役かっているんだ。だから落ち葉が多ければ多い程、地中にはたくさんのミミズや幼虫たちが住んでいる事は、僕らにとってもすごくありがたい事なんだ。

だが、困った事に、地上の住む人間が、数十年前頃から極力体を動かさず、楽で便利で快適な生活の追求に歯止めがかからない。彼らは、人間以外の他の生き物の事は、全く想定外の如くに多くの生き物が生活している大事な自然をどんどん破壊し続けているのだ。一度失ってしまった自然を取り戻すには長い年月がかかる事を果たして人間等は知っているのだろうか。その為ほとんど絶滅に近い危惧種となってしまった生き物もいるそうだ。気の毒な限りだ。

まさに今、僕らの最大の心配事は、我々地下に住む生き物の死活問題に関わる傍若無人な人間どもが引き起こしている自然破壊行為なのだ。

数十年もの長い間、空も海も地中も汚染し続け、大事な地球その物を弱体化させてしまったのだ。その結果、地球温暖化現象を引き起こしてしまいこの地球上に住む全ての命を危うくしている。「未来の輝かしい発展の為に」という言葉を笠に着て、今もなお突き進んでいる悲しき人間共よ。

およそ七十年前、父さんの子供の頃の話によると、この横浜の地中にも、食べるのに事欠かない程沢山のミミズや虫の幼虫がいたそうだ。それに、ここ黒須田から山下公園辺りまで、ご先祖さまのもぐらたちが長い年月をかけて、築き上げたもぐら幹線道路のトンネルで繋がっていたんだって。そこで当時は、遠い所まで自由に往来する事ができていたんだって。

その頃、若かりし頃のじいちゃんは、海の近くまで足を伸ばしてきた時、ひょっこり美しいばあちゃんに出会った途端、一目惚れしてしまった。じいちゃんの猛アタックの努力が実って二匹はついに結婚し、この黒須田の畑の地に新居を構えたのだそうである。

その頃、地上のこの近辺一帯は、自然豊かな竹やぶや雑木林や田畑で囲まれた農村地帯で、辺りにポツンポツンと数軒の家が立ち並ぶ豊かな自然に囲まれた所だったそうだ。今の僕らには想像もつかないのだが…。

この辺一帯は東京に近くて通勤に便利な地であった為都心を結ぶ田園都市線が開設されてからは、年を追う度に人間の数が増え続けてきた。すると、この辺りの雑木林、竹やぶ、田畑は、たちまちの内に住宅にとって変わり始めた。それに伴い、道も土から舗装道路へと変わってしまった。その為、我らもぐらも巣の移転を余儀なくされ、たくさんいたミミズや幼虫などが激減してしまった。そればかりではない。トンネル掘りで出た残土を地上に捨てる地面が極めて少なくなってしまい、大変な事態になってしまったそうである。

僕らの住んでいるこの黒須田辺り一帯も年を追うごとに豊かな自然や田畑は、惜しげもなく、無残にも切り崩されて、家々が、所狭しと建ち並ぶ、住宅地へと、とって変わってしまったのだ。

それればかりではない。我々には相談もなく、父さんの代になると、横浜市営地下鉄開通工事の為に、多くの地下に暮らしている我々仲間の多くの命や住まいを一瞬の内に奪ってしまったのだ。どれ程多くの途方にくれるもぐら家族を目にしてきたものかと怒り、嘆き、悲しみをこらえて語っていた爺ちゃんや父ちゃんたち。

父さんの話によると子供の頃はよく、じいちゃんやばあちゃんに連れられて、海辺の近くのばあちゃんの実家との行き来を頻繁にしていたそうである。いとこたちと潮の香りを感じながら、追いかけっこやじゃれ合い、塩気のするミミズなどを探し当て食べ合ったり、かくれんぼ遊びしてた場所も突然の地下鉄開通以降は、僕たちの幹線トンネルは完全に破壊され、お互いの行き来がたたれてしまい、永久に会う事ができなくなってしまった事が何よりも悲しい事だと嘆いている父さんたち。話を聞いている僕らまでも悔しいやら腹が立つ程だった。ひどい話だ。

しかし、僕たちの世代は昔のじいちゃんたちのような豊かな自然の中での夢のような生活体験はしていない。今の厳しいこの状況の中でなんとか生きているのだ。だから親たちのように嘆き、悲しんでばかりではいられない。だから、僕たち世代の若者たちがこれから先も命のバトンを引き継いでいく為に、みんなで知恵と力を出し合って前向きに頑張らなくちゃあならないんだ。

残念ながら、おそらくこの田畑も空き地も何年か後には、住宅にとって変わってしまうであろう。それを見越して、僕ら若手のもぐらたちは、今から自然が残っている場所をさぐり当てる事から始めたのだ。するとラッキーな事に、近くに、雑木林に囲まれた学園の森が残されている。それに、およそ三キロあたり離れた横浜市に隣接する川崎市に、豊かな自然に囲まれた王禅寺公園があるそうだ。それが分かった時には、仲間みんなで飛び上がって喜んだ。

そこで、僕ら仲間総動員で二手に分かれて、トンネル作業が始まった。地上の舗装されてないわずかな地面を見つけ出し、残土処分をする。時間がかかるきつい仕事だが、いざ避難場所の確保に僕らもぐら一族の未来の為に、毎日毎日、みんなで力を合わせ、夢をあきらめないで明るく元気にトンネル掘りに明け暮れて頑張っているんだ。

しかしながら、数年後は、またまたこの近くに横浜市営地下鉄線あざみの駅と新百合ヶ丘駅を繋ぐ地下鉄計画があると知らされた。僕らにとっては恐ろしい限りである。えいい、こうなったら、神様に祈るしかないいんだ。

「神様どうか、強欲な人間たちを懲らしめてください」と…。願いが届いたのか……。

三年前頃からか、人間の命を狙うおそろしいコロナ感染菌が次々と現れた。人間の口をマスクで覆ったり、遠距離の外出を妨害したり、彼等の勝手放題の楽しみを次々と奪っている。

これに対して知恵高き人間どもは、マスク、手洗い、こまめな消毒や、よく効くワクチンや薬を開発して必死にコロナに抵抗しているらしい。

だが、人間という者は、どうやら、強欲な人間ばかりではなさそうだ。

「これを期に、早急に地球温暖化対策に取り組まねばならない。こうなったのも余りに身勝手な我々人間の振る舞いに神様が与えた罰なのだ。今までの生活を改めなければならない…」

と自然保護に取り組む人間も見られるようになってきたらしい。

この後は、自然破壊行為の大きな間違いに気付き、改めようと努力を始めた賢く、心優しい人間たちにぼくらの願いを託していくしかないかな…と思いながら、今日もトンネル掘りを頑張っている僕らもぐらのモグちゃんです。

コロナウイルスが変えたある若者の人生

ザブンザブンと規則正しく押し寄せる波音が彼の耳にかすかに届き、次第にはっきりとその音が波音だと気付き、目を覚ました信夫《のぶお》。ここはどこだろうかと見開いた目に「おお、気が付いたか」と真っ黒に日焼けし、深いしわの老人の顔が映った。驚いて、布団から起き上がり、戸惑いの入り交じった顔で豪《ごう》爺さんをじっと見つめていた。そんな彼に、

「おお、気が付いてよかったのう。しばらくはそのままゆっくりと寝ているがいい。ここはわしらの浜辺の番屋じゃ。心配はいらん」

とぶこつな大きな体に不釣り合いの優しい言葉かけに彼はすかさず、

「どうして僕はここにいるんですか」

と頼りないか細い声で尋ねた。

「ここは、海辺の漁をする為のわしらの番屋じゃ。夕方、車で家に帰る途中、近くの林の道路沿いの道端に倒れている君を見付けた。驚いてこの小屋に連れてきて寝かせたんじゃ」

と言いながら部屋の中央のいろりにかけてある鉄鍋の中でぐつぐつと煮えている煮汁を椀にもり、彼の枕元に置いた。

「取り敢えずこれを食い終えたらまたよく寝るがいい。あすの朝早くにわしはここに戻ってくるから、

心配はいらんよ」

と言って爺さんは小屋を立ち去って行った。

一人残された彼はおそるおそる小屋の中を見回した。薄暗い裸電球がぽつんと灯っている部屋にはいろりがあり、隅にはせんべい布団が数枚積まれていた。入口の土間には、古びた魚取りの道具が所狭しと置かれていた。

じいさんの用意してくれた湯気を立てているお椀の汁物が目にとまった時、グーグーと腹の虫が大きくなった。あっと言う間にたいらげてしまった後に再び恐ろしく眠気が襲ってきて、彼は深い眠りに落ちていった。

翌朝、朝焼けが美しく辺りをオレンジ色に染め始めた頃に、爺さんは小屋に入ってくるなり、

「おい、目が覚めたか」

と持ち前の大きな声掛けに驚いた彼は、反射的に体を起こし、「もう大丈夫かい」という問いに「はい」とうなずいた。豪爺さんは、そりゃよかったと安堵の笑顔を浮かべた。用意してきた朝ごはんと夕べの残りの汁をいろりの火であたため一緒に食べるようにすすめた。二人は黙々とご飯を食べた。粗末な朝ごはんにもかかわらず、今までに口にしたことのない程のおいしさに信夫は驚きを感じながら食べ終えた。

その時、仕事相手の竹《たけ》ぞう爺さんがけげんなそうな顔をしながら小屋に入ってくるなり、彼も炉端に座った。すると豪爺さんは、おお、よい所に来たと言わんばかりに、彼との出会いを話して聞かせた。ところでお前さんはどこから何をしにここまで来たのかなとの問いに、信夫は重い口を開き、ポ

ツリポツリと話し始めた。二人の爺さんは彼の話に熱心に耳を傾けた。

信夫は東京生まれの東京育ち。両親と五つ違いの近くの会社に勤める兄と四人家族の二十三歳。これといった特技もなく、やりたい夢もなかったので自宅から通える大学を卒業と同時に近くの大手のレストランのボーイとして勤め始めていた。その数か月たった矢先の二〇二〇年中国の武漢で発生した新型コロナウイルスは瞬く間に世界中に広がり、人間の肺機能を破壊し、多くの人々の命を奪い始めた。その為マスク着用や飲食店に行くのを極力控えるなどのコロナ対策緊急事態宣言が東京にいち早く発令され、彼の勤めるレストランでも従業員の削減に追い込まれてしまった。勤めて日の浅い彼はいち早く辞めざるを得ず、自宅待機という形になってしまった。そこで色々な働き口を見付けようとしたもののなかなか見付からず、部屋で悶々と不安な日々を過ごしていた。そんなある日、彼はボストンバッグを片手に店から頂いたわずかばかりの金と手持ちの金を持って、家族に黙ってふらっと家を後にした。

行き先も決めないままに東京駅に立った彼は、時刻表を見ている内に、そうだ、まだ行った事のない北海道に行ってみようかと思い付き、札幌行きの列車に飛び乗った。都会を離れていく車窓からは、高層ビルに変わって広々とした畑や雑木林や遠くに高くそびえる山並みが目に映ってきたが、心はうつろなままであった。函館駅で降り、北海道もコロナウイルスが流行しているが万が一コロナにかかり、あの世行きとなってしまっても仕方ないかと思いつつ…行き先のあてのない彼は、たまたまホームに到着していた釧路行きの列車で終点まで行ってみようかと、とっさに列車に飛び乗った。

列車が進むにつれて車窓の景色は、まばらな家並みに変わり、どこまでも続く森林と絶え間なく白い波が押し寄せる荒々しい北の海の景色を眺めている内に、なぜか今までの不安が薄れ、不思議と大自然のふところにすっぽりと抱かれているかのような心地よささえ感じていた。

とうとう列車は終着駅に到着した。ほとんど人影のないホームに降り立った彼は、林道に囲まれた広いまっすぐな車道を歩いて行った。行けども行けども人家は見当たらない。その内に東京を離れていく車中で求めた駅弁はすでに食べてしまってない。その上飲料水さえ持っていなかった。

夕日は沈み、あたりは、ほんのりと暗闇に包まれていく中で彼は、喉の渇きと空腹と疲れで車道の道端のはじにしゃがみこんでしまった。北の大地の寒さは容赦なくゆるやかに永遠の眠りの世界へと彼を誘い始めていく。薄れゆく意識の中で彼はこれまで愛を注いで育ててくれた両親、よく面倒をみてくれた優しい兄、友、仕事仲間たちの顔が次々と浮かんでは消えていった。これまで大きなトラブルもなく、楽しく過ごしてきたのでこうなってしまったけどしかたないか…とあきらめの気持ちの中で、父さん、母さん、兄さんごめんなさいと呟きながら…次第に底知れぬ深い眠りの中に引きずり込まれていったのだった。

話を聞き終えた爺さんたちは「それは大変だったのう」と額のしわを更に深く刻んだかのような顔つきで信夫をしばし見つめていた。重苦しい空気が漂っていたが…、

「しばらくの間ここにいて、わしら二人の漁場の仕事を手伝ってくれないかい」

との豪爺さんの提案に、

「それはいい。若いもんがいるとわしらも助かる」

としわくちゃに顔をほころばせながら竹ぞう爺さんは、その場の暗さを吹き飛ばすかのような明る

い声で言った。不安気な暗い彼の顔がじいさんたちの温かい言葉にゆっくりと明るい表情を取り戻していった。

「今日はこの番屋の辺りでわしらが漁から帰ってくるのを待っているがいい。しかしひとつだけ気を付ける事がある。この辺りの海岸には熊がよく出るが怖がる事はない」

と言いながら彼を小屋の前に広がる浜辺に誘った。

目の前に広がる大海原と足元に絶え間なく打ち寄せる白く砕け散っていく波。浜辺に立った彼は、その迫力に自然の力強さとすごさをひしひしと感じていた。その時、豪爺さんはあたかも独り言を言っているかのように語り始めた。

熊だって人間と同じこの地で暮らしているんだ。この地球は人間のものばかりではない、生きものすべてのものなんだ。だからここでは、熊も人間もお互いのルールを守って悲惨な争いが起こらないように熊との間に暗黙の了解があるのだ。あそこの川が海に注ぎ込んでいる溝から向こうの砂浜は熊のもの、こちらは人間の砂浜なのさ。だからわしらは決してのあちらの砂浜には立ち入らない。熊たちもこちらには来ない。こちらに入ろうとしている熊の姿を見たらすかさず、わしらはありったけの大声で熊に向かって「こら」と怒鳴るんだ。すると熊はもどって行ってしまうのじゃ。熊もなかなか賢く、われわれの決めた約束を理解し、われわれ双方はこれまで一度もトラブルを起こした事なく共に平穏に過ごしているのじゃ。ほらあそこで熊の親子が浜辺に魚を探している姿が見えるだろう、と差し出した豪爺さんの指先に熊の姿が目に映った。その瞬間、初めて近くで見る大きな熊の姿に彼の体は、恐怖と緊張で凍り付いてしまったかのように硬くこわばっていくのを感じながらじっと立ちす

くんでしまっていた彼に、

「大丈夫だ、あちらの熊の浜辺に入らなければ奴らは決して襲ってくることはない」

と言い残して、じいさんたちを乗せた小さな漁船は波間に消えていった。彼はかつてこれ程に逞しく頼もしい爺さんたちに出会った事がないように思いながら、二人の乗せた小さな船が波間に吸い込まれ、見えなくなるまでじっと見つめていた。

彼は、砂浜に座り、目の前に広がる海原と足元に飽きる事なく、引いては寄せ、砕け散る波をただボーと見つめていた。そんな時間がどの位たっただろうか…波間に漂う二人の爺さんたちを乗せた小さな漁船が目に映った時、思わず笑みを浮かべすくっとに立ち上がり、夢中で大きく両手を振り続けている、そんな自分に驚きを感じながらも爺さんたちを迎えていた信夫だった。

船から下り立った豪爺さんは汗にまみれた笑顔で、網の中で勢いよくぴちぴちと白い腹をくねらせ飛び跳ねている大きな魚を一匹つかまえてきた。浜に備え付けの水道とまな板の上で手際よくまたたく間に刺身にした。残りの頭や骨などは無造作に鉄鍋に入れていろりにかけた。その間竹ぞう爺さんは取れた魚や道具の後始末に黙々と精を出しているのだった。

ぐつぐつと煮えたった鍋からは美味しそうな匂いが部屋の中を占領し始めていた。三人はいろりを囲んで爺さんたちが家から用意してきたご飯で遅い昼飯を食べ始めた。

先程まで跳ねていた新鮮な刺身が舌に絡みつくような粘り気と弾力さと甘さが口いっぱいに広がり、魚のエキスのいっぱいつまった温かい汁物は、かつて食べたことのない驚きの美味しさでかれを満たし、冷えきっていた彼の体と心を温かくときほぐし、今こうして生きている喜びと力を与えてくれているかのように思えた。

夕陽が一日のお別れの光を辺りに美しく投げかけ始めた頃、運転しながら豪爺さんは、

「今頃、ばあさんが君の来るのを今か今かと待っているだろうよ」

と助手席の信夫に話しかけながら十キロ程離れた豪爺さんの家に向かった。玄関先で優しい笑顔で出迎えてくれたばあさん。

彼を見るなり、今は結婚し二人の子供たちと函館で暮らしている息子を出迎えるかのように温かく信夫を迎えてくれたのだった。ばあさんはボストンバッグ一つ持ったきりの彼を二階の息子が使っていた空き部屋に案内し、

「荷物を置いたらお風呂に入りな。出てきたら夕飯にするから」

と笑顔で伝えた。

「ここは、田舎だから家の周りの畑で採れた野菜や海で取れた魚しかないがたくさん食べな」

と勧める中で三人の食事が始まった。彼にとっては、取れたばかりの新鮮な野菜や魚をふんだんに使った料理は、レストランのどの料理よりも劣らない驚く程美味しい夕飯であった。食べ終えると、

「明日は早く漁に行くので早く寝るがいい」

との豪爺さんの言葉どおりすぐに床に就いた。

窓ガラスのカーテン越しに差し込んでくる朝焼けの光に彼は、心地よさを感じながら目覚めた。

朝ご飯を食べ終えると豪爺さんの運転する車で再び海辺の番屋に向かった。車は幅広い林道の一本道をひたすらに爽快に走った。浜辺に着くと早々と来て待っていた竹ぞうじいさん、

「今朝はわしらと一緒に船に乗ってみないかい」

との誘いに「はい、乗ります」と初めての船乗り体験に心躍らせながら興奮気味に答えた。

荒波に大揺れの船上で、平気で網を引き揚げている二人の爺さんのようにはいかなかった。信夫の体は船の揺れを強く拒み、吐き気がどっと襲ってきて、むかむかした胸の気分の悪さに悩まされ、とても手伝うどころではなかった。そんな彼の様子に、

「大丈夫だ。乗るたびに体が船の揺れと仲良くなってくるから。病気じゃないから安心しろ」

との爺さんたちの励ましにうなずきながら、船のへりにうずまっていた彼だった。

そんな数日が過ぎた頃、彼の体は船の揺れを受け入れてくれたらしく少しずつ爺さんたちの手伝いができるようになってきた。

「若いもんは流石に波になれるのが早いし、力があるので網の引き揚げも助かる」

と喜ぶ爺さんたち。彼はたぐり寄せる網の中で勢いよくしぶきを上げ、ぴちぴちと跳ねている魚からまさに生きている力強い生命力を感じた。

家に戻るとばあさんの畑仕事の手伝いを自らかって出た。春まいた種から芽が出て、日増しに丈が伸び、実をつけ、赤く実っていくトマトやきゅうりなどの野菜が育っていく様子を心躍らせながら目のあたりにしている内に、今までに味わった事のない育てる喜びや楽しみを感じた。もぎ取ったトマトをその場で食べた時のたとえようのない新鮮な香りと甘さが口の中に広がり、幸せな気分に浸るのだった。とれた野菜や魚で漬け物や干し物を作ったり、大漁の時には、魚の内臓を取り除き、天日に干し、冬に備えての保存食作りなども手伝ったり、東京の両親に、今までの事を知らせて心配はいら

ないと伝えるたりする信夫であった。

都会育ちの信夫は、ほとんど自給自足で暮らしている豪爺さんらと共に生活していく中で、体を動かして働く事がとても心地よく、自然の恩恵を身にしみて感じとっていった。それに高層ビルの代わりに草木に囲まれた豊かな自然の中でのゆったりした生活。賑やかな夜のネオンの代わりに静かに夜空に瞬く満天の星を仰ぐひと時、セミの大合唱とバトンタッチした鈴虫やこおろぎなどの虫の音は、彼をのどかでゆったりとした楽しい音の世界へといざなってくれているかのような心地よさを感じていた。

彼がこの地に来てから早いもので半年が過ぎようとしていた。北の大地一面に白の世界で覆いつくす寒さ厳しい長い冬の始まりが目の前に忍び寄ってきた。東京育ちの彼は日毎に寒さが身にこたえて感じられるようになってきた。ちらちらと雪が舞い降りてきたある日、爺さん、ばあさんの三人は、彼がこの地に来た当時のあの弱々しい暗い面影や青白い顔はいつの間にかすっかり消え去り、日焼けしたがっしりとした体、何事にも前向きに取り組む姿勢で明るい逞しい若者へと変身した信夫の姿に、おどろきと喜びを隠せないまま彼の顔をじっと見つめていた。

そんなある日、

「おかげで僕のやりたい事が決まりました。一度家に戻って両親に話して、僕のなりたい仕事に就くつもりです。決まりましたら手紙で知らせます」

と明るい笑顔で力強く話すのだった。

翌日、

「皆さんの温かい気持ちをこの地でいっぱい頂いたおかげで、これから生きていく僕の仕事と夢を見つけることができました。ありがとうございました。決まり次第すぐ知らせます」

と言い終え、潤んだ目の笑顔で列車に乗り込んだ。車窓を開け、大きく力強く手を振る信夫の姿に豪爺さんたちは、嬉しさの中にも我が子の旅立ちを見送るような一抹の寂しさを感じながら、笑顔で列車が見えなくなるまで手を振り続けるのだった。

彼が去ってかれこれ数ヶ月が過ぎたある日、なんとなくポツンと寂しさがただよう爺さんたちの元に信夫から一通の手紙が届いた。はやる心を抑えて手紙を開くと、

「おじいさん、おばあさん、竹じいさん、お変わりなくお元気でお過ごしでしょうか。

ひさしぶりに会った両親は、見違える程に日焼けし、逞しい体と力強く夢を語る僕の姿を見て驚いたそうです。僕の話のあと両親は、あなたたちのしてくださった温かい、親切な行いを目を潤ませながら聞き、くれぐれも三人の方によろしく伝えてと大そう感謝していました。

僕は今、新しく決まった山梨の山間部にある森林営業所で働き始めました。僕はそちらにお世話になっていた頃に、自然を育てたり、自然の恩恵をもらったりして自然と共存しながら自然の中で生きている素晴らしさを感じたからです。近年かつて体験した事のない程の豪雨やがけ崩れなどで多くの大切な人命が失われたりしている原因として、地球温暖化が挙げられています。そこで僕も微力ながら希望する人手不足の森林を守る仕事に就きました。少しでも温暖化を防ぐこの仕事にたずさわる事で人の役に立つのならば…と思い、同じ志でこの仕事にたずさわって働いている仲間と共に力を合わ

せてがんばっています。

豪爺さん、おばあさん、竹ぞう爺さんたちの温かいお心に報いたいと夢の実現に向かって歩んでいきます。両親もとても喜んで賛成してくれました。いつの日か、また皆さんに会いに行きます。

くれぐれもお体に気を付けてお過ごしください。

信夫より」

三人は頭を揃えて何度も何度もしわくちゃの顔を更にいっぱいにほころばせながら繰り返し、なん度も彼の手紙を読み返すじいさんばあさんたちでした。

詐欺青年たちとおばあさん

定男《さだお》は、今にも罪悪感に押しつぶされそうな気持ちをぐっとこらえながら、指示されたとある農家の玄関のベルを押し鳴らした。すると「はーい」と明るいはつらつとした返事と同時にドアが開いた。笑顔でおばあさんが「なんのご用ですか」と顔を出した。途端に体が氷のように固まってしまって立っていた警察服の定男は、「近くの交番の者ですが…」と答えるな否や「どこの交番のおまわりさんですか」と不意をつかれたばあさんの問いに答えられず彼は、小刻みに震える体を必死にこらえて、真っ青な顔で立っていた。すると、先程とはまるで違った厳しい表情ときつい口調で、

「あなたは詐欺でしょう。グループの仲間も近くに潜んでいるの」

と見透かしたような問いに、彼はうなだれたまま蚊の鳴くようなか細い声で素直に、

「はい、あと二人、あそこの木の陰にいます」

と指差した。「まあー」と目を丸くして驚いたばあさんは、強い口調で、

「ここに仲間も連れてらっしゃい」

と怒鳴った。慌てて定男は隠れていた二人を連れてきた。三人は、玄関先にうなだれたままで立ちすくんでいた。

「あんたたち詐欺グループの仲間なの」

との問いに慌てた三人は、左右に手を大きく振り、「違います」と口をそろえ「今回が初めてです」と慌てて答えた。

「どうりでね。あんたたち震えているもの」といくらか穏やかな口調に戻り、

「どうして詐欺なんかしようとしたの……今回は、警察に通報しないから安心して…」の言葉に彼らは少しだけ恐怖から解き放たれたように、ばあさんの顔を見つめ「ごめんなさい」と深々と頭を下げた。しばらく三人の若者たちを見下ろしていた彼女は、

「あなたたちにもしなくてはならない程の余程の事情があったんじゃないの。よかったら詳しく話を聞かせてくれない」

とのばあさんの言葉かけに、ようやく彼らのピンと張りつめていた心の糸がわずかに緩み始めてきた。それから今までの経過を代わるがわる三人はぽつりぽつりと話し始めた。話によると…。

群馬県出身の定男二十一歳、埼玉県出身の誠《まこと》二十歳、新潟県出身の哲也《てつや》十九歳の三人は、高校卒業と同時に東京にある大手の百貨店の店員として働いていた。互いに田舎育ちであったせいか妙に気の合う三人だった。休みの日には互いの下宿でしゃべり合ったり、遊びに出かけたりして楽しく過ごしていた。仕事にも真面目に前向きに頑張っていた彼らだった。

ところがコロナウイルスの影響は、彼等の職場にも暗い影を落とし始めていたのだった。御多分に漏れず客足減少に落ちいってしまった百貨店は、彼らを解雇せざるをえなくなってしまった。そこで彼らは、定男の部屋に同居し、家賃代を浮かし、食事もコンビニの安い弁当で済ませて仕事探しに専念する日々が続いた。今更実家に帰り、親の世話にはなりたくなかった。それは、彼らのプライドの

混じった意地のようなものであったかもしれなかった。

そんなある日、哲也が一枚の「若者募集」とあるチラシを持ち帰った。仕事内容は記載されておらず、電話番号だけが載っていた。思わずこの苦しい現状打開の為に何も疑う事なく電話してみた。すると電話の向こうから、少しばかりドスのきいた太めの声の男から、仕事の内容は知らされず、落ち合う日と時間、場所だけが知らされてきた。

翌日、多少の不安を抱きながらも取り敢えず彼等は、言われたどおり約束の場所に出向いた。大柄の男から、指定先の家を訪問し、相手からクレジットカードを受け取り、暗証番号を聞き出してくる詐欺の受け子の仕事が言い渡された。

「もし相手にばれてしまったら、お前らはその時点で首だ。決してこの事は他言してはならない。もしこのおきてを破ったら、後で痛い目にあうはめになるからな」

と威嚇するように言って、訪問先の住所と地図、交通費と衣類の入った紙袋が手渡された。そこで彼らは、初めてこれは詐欺だ。と気付いた。

「やばいよ」

「でも、引き受けてしまったからにはやるしかないじゃないか」

「断ったら何をされるか分からないかも…」

「仕方ないが今回だけは従うしかないだろう」

と考えたあげく三人は、指定された農家の広い庭先に重い足取りでたどり着いてきたのだった。

罪悪感で押しつぶされそうな暗い気持ちを抑えながら、指示どおりのこの家の庭の大木の陰に隠れてめいめい指定された服装に着がえた。先ず、警察官になりすました最年長の定男が家のチャイムを震える心を抑えて鳴らし、玄関先に立った。後の二人は庭の木の後ろで息を呑み、ハラハラしながら玄関先の様子をチラチラ見ながら待機していたのだった。

そんな彼らの事情といきさつを熱心に聞き終えたばあさんは、

「そうだったの。こんなご時世であんたたちも気の毒ね」

とポツンとつぶやいた。

「テレビでよく詐欺の手口を見ていたからすぐにこれは詐欺じゃないかと気付いたのよ。それに、こわばった顔や体がわずかに震えていた様子から、詐欺は今回が初めてじゃないかしらとにらんだのよ」

言いながら、うなだれている三人を見つめた。それから厳しい口調で、話しかけた。

「あんたたち、初めてのこの仕事に失敗してよかったのよ。もし成功していたら、甘い汁に誘われ、どんどん悪の道に入り込み、あなたたちの大事な人生を棒にふってしまうところだったのよ。そんな事になってしまったら、他人に迷惑をかけるような悪人に苦労して育てた覚えはないとご両親はさぞかし怒り、嘆き、悲しみにくれる事でしょうね…」

ばあさんのこの言葉に思わず彼らの目から、どっと大きな涙が溢れ、こぼれ落ちたままうなだれた重苦しい時間が続いた。その重苦しさを打ち破るかのように、

「もうお昼過ぎたのよ。あんたたちお腹が空いてない」

とのばあさんの優しい声掛けに驚きながらもほっとし「うん」と素直にうなずく彼らであった。

「夕べの大根の煮つけと漬け物の残り物しかないけど…ご飯はたくさんあるからあがって食べていかない」

と勧めるおばあさんに感謝しながら黙々とうなだれて食べている彼らの姿を横で眺めていたばあさん。今は結婚してイギリスに住んでいる一人息子の正《ただし》の姿を重ね合わせているかのような眼差しで見つめながら、何かじっとあれこれ考え込んでいるかのように見つめていた。

お腹がいっぱいになったせいか先程の硬い表情がいくらか和らいできた彼らに向かって、

「あんたたち生活に困っているんでしょ。だったら仕事が見つかるまでのしばらく間この家で手伝いをしながらいてもいいわよ。あなたたちがいやでなかったらの話だけどね…」

の思わぬ提案に彼らは「え、ここに来てもいいのですか」とぱっと喜びを隠し切れない、信じがたい顔でばあさんの顔を穴のあく程ポカンと見つめていた。

「でも、仕事を手伝ってくれてもお金は払えないわよ。このとおり昨年じいさんを亡くしてわずかな年金生活の一人暮らしよ。でもあんたたちを食べさせる位の食べ物はあるけど…粗末な食べ物だけどね。それに、寝る部屋だけはあるわよ」

と笑って話すと、

「ありがとうございます。とても助かります」

と信じられない程のばあさんの温かい思いやりに感動し心から感謝しながら、

「僕たち、この家の手伝いや畑仕事はなんでもします」と明るい声で答えた。

いったん東京に戻り、「詐欺がばれてしまった」事を報告するな否や電話はパタリと切れてしまった。安心した彼らは、下宿の解約など諸手続きを済ませた三日後、三人は、めいめい大きな手荷物を両手に抱えて足取り軽くばあさんの家に向かった。

市内からおよそ十キロばかり離れているだけなのに周りは雑木林に囲まれ、数軒の家が広々とした田んぼや畑の周りにポツンポツンとたたずんでいる静かな農村風景が広がっていた。前に訪ねた時は、辺りの景色に目を注いでいる程の心のゆとりはなかった彼らだったが、今はどこかしら、彼らの故郷に似ている田舎風景に心が和み、軽い足取りでばあさんの家の玄関先に立った。彼らを迎えたばあさんの顔も心なしか嬉しそうだ。

「二階のこの部屋があなたたち三人の相部屋よ」

と案内した。十畳程の部屋には三人分の布団が敷かれていた。押入れも棚もきれいに掃除された広い部屋を見回しながら、荷物を置くと深々と頭を下げた笑顔の彼らだった。

「いったん荷物を置いたら、家の中を案内するからね」

と言うばあさんの後について、説明を受けた。案内が終わるとすでに昼食が用意されていた。

食後、哲也は早速、自分から食器洗いをかって出た。何事にもやる気満々の彼らは、思い付く家の仕事を自ら申し出た。そんな彼らに「まあー、これでは私のやる事がなくなってしまいそうよ…」と笑いながら言うばあさん。

「いいですよ。僕たち若い者が三人もいるんですから、おばあさんはゆっくりと休んでいて下さい」

あたかも申し合わせかのような言葉が同時に飛び出したのには驚いて、互いに顔を見合わせ、思わず吹き出した。

「じゃあ、私は食事作りを頑張るわ。ボケない為にもね…」

とばあさんは、笑顔で張り切って言った。

翌朝、哲也は、食器洗いと「私の洗濯物だけは自分で洗うわ」のばあさんの言葉を受けて、三人分の洗濯をうけおう。誠は、布団あげや部屋の掃除。定男は風呂掃除と家の周りの掃除の分担が決まり、それらの仕事が終えると彼らは、ばあさんに案内され、畑の様子を見に行った。

「向こうに見える荒れ地の畑や田んぼもあるけど、今はこの畑だけで細々と家で食べる野菜だけを育てているのよ。私一人ではこれが精一杯よ…」

と言いながら、今夜使う大根などの野菜を採った。すると彼らは、

「僕たちが来たからには、荒れた田んぼも畑も耕して、もっとたくさんの野菜を育てますよ」

「せっかく田んぼがあるんだから、米作りにも挑戦してみたいなあ」

「もしよかったら、空いている畑でこの地方の季節ごとに植える野菜などの作業手順を教えて頂き、育ててみたいです」

とキラキラと目を輝かせて語る彼らだった。

「あなたたちがやりたかったら、私は反対しないけど…でも、それを始めたら他の仕事探しができなくなっちゃうわよ。それに、ここでは給料なんか出ないわよ」

「いいんです。本当は農家育ちで子供の頃から田んぼや畑の手伝いをよくしてきましたから」

と哲也が言うと、

「僕の母も家族の食べる野菜を庭続きの畑で作っていたので、時々手伝っていましたから」

と誠の言葉に、

「僕の家は主に果樹を栽培していて今は、兄夫婦が継いでやっているので、学校の休みの日には、よく手伝っていましたから」と定男が言った。

三人の話を耳にして、

「それは助かるわ。それなら農機具の扱い使い方や作業の手順などだいたいは分かるわよね」

と喜んだ。

「じゃ、あなたたちに任すわ。三人でよく相談して、明日から早速始めるといいわ。あそこの古い物置小屋にある道具や農機具は自由に使っていいわよ。それから軽トラックや古い自家用車もあるから運転免許があったら乗れるわよ。それにたくさん収穫できたら、この近くの農協に生前じいさんが採れた野菜などを卸していたように出荷できるから、あんたたちのこづかいぐらいにはなるかもよ…」

の言葉に思わず、

「え、いいんですか」と嬉しそうなうわずった声で聞き返した。

「もちろんあなたたちが働いて得たお金だもの」と淡々と語るばあさんの言葉に彼らの心はおどった。

おかわりしながら食べている旺盛な彼らの食欲に作りがいを感じながら、久しぶりの賑やかな夕飯をすませた。

「じゃあ、後片付けはあなたたちに任せて、私は先に風呂に入って休むから、テレビを見るなり話すなり、後は好きにしてね。火の始末と戸締まりだけはしっかり頼んだよ」

と言い残してばあさんは居間を後にした。

やる気満々の彼らは早速、明日からの作業予定や仕事の計画や内容の確認や分担などを夜更けまで熱心に話し合うのだった。

翌朝からの彼らの仕事ぶりには誰もが目を見張った。伸び放題の草も刈り取られ、畑や田んぼはたちまちの内に整地され、積極的にばあさんや近隣の農家の人たちに聞き、教えてもらいながら野菜や米作りが開始された。

その甲斐があり、うれしい実りの秋が訪れた。

ここ数年荒れ地だった田んぼに黄色い稲穂が重たそうに頭を下げ、風に誘われてざわざわと左右に揺れている。久しぶりの実りの田んぼの光景にばあさんのみならず、近隣の人たちも驚いたり、懐かしんだり、喜んだりしている様子で眺めていた。それからというもの彼らの働きぶりを見て、手助けや助言をみずからかって出る農家の人も見かけられるようになってきた。

それから数年の歳月が瞬く間に流れた。

今では手付かずで荒れ放題だったこの地区一帯の田畑には、米や色々な野菜や果物などが実り、青々とした豊かな田園風景が広っていた。

彼らは誘われた農業協同組合の人たちと話し合いを重ねて、働き手がなく荒れ放題の土地を借りきってネットを通して志望者を募り、みんなで協力し合いながら荒れ地を整地し、地区農業活生化に力を入れた。そのかいあってか、今ではこの地区でも県特産の落花生やびわの栽培も本格的に広がってきた。こうして農業に携わる若者も次第に増えつつある。

また、近隣住民からも「新鮮な野菜や果物などが手軽に手に入ってとても助かるわ」などと喜びの声も聞かれてきた。彼らの努力は住民にも認められ、この地区にはなくてはならない人材となってきた。

そんなある日、突然仕事の都合でばあさんの一人息子の正《ただし》が一時帰国した。

正は、青々と育っている野菜畑、田植え後の田んぼに、ざわざわと心地よい風が苗をやさしくなで通り過ぎていく。今までなかったびわ畑。木々の枝々の厚い葉っぱの隙間から見え隠れしているたわわに実っているびわの実などを眺めて、我が家の周りの豊かな田畑の変化に驚き目を見張るのだった。

「これはすごい、僕の子供の頃よりもすごい事になっている。以前からおふくろから君たちの事は聞いていたけど…これ程までにしてくれていたとは…それにおふくろも前よりも生き生きと元気な様子だ。とても嬉しいよ。君たちに感謝の気持ちでいっぱいだ」

と興奮気味に話す正の姿を見て、彼らはお互いの顔を見合いながらよかったと心の底から思い、笑顔がこぼれた。

「これで僕は安心してこの家を離れる事ができるよ。今後も母の事よろしくお願いします」

と安堵した笑顔で正は再びイギリスに飛び立って行った。

あれから瞬く間に月日は流れた。今では、年老いて、すっかり体が弱くなってしまったばあさんを案じて、イギリスから母を迎えにやってきた正に向かって、

「私は最後までこの家で暮らしていたい」

とのばあさんの願いに、定男、誠、哲也は、

「大丈夫です。今では、おばあさんは僕たちにとっても母のような存在です。僕たち三人がこの家でしっかりお世話をさせて頂きます。ご安心ください」

の彼等の言葉に正は目頭をうるませて、お礼を言った。すると、

「この家は僕たちがしっかり守りますので、帰りたい時は何時でも戻ってきてください。待っていますから…」

と定男が伝えると、

「僕には一度に三人の弟ができたみたいで嬉しいよ」

と言い残すと正は安堵の表情を浮かべて日本を後にした。

その後、彼らは、身の回りの世話のみならず、懐かしそうにばあさんが語るこの地区一帯の昔の様子に興味深く熱心に耳を傾けたり、歩行困難で家に閉じこもりがちになってきたばあさんを車いすに乗せて、家のまわりや田畑の様子を見せに交代でよく散歩に出かけた。それからばあさんから作り方を教えてもらった料理を作ったり、彼女の好物のまんじゅう買ってきて一緒におしゃべりしながら食べたりして過ごした。そんなばあさんの毎日は笑顔が絶えなかった。

又しても、とどまる事を知らない月日の流れの中で、昨年の暮れ頃にひいた風邪がたたったのか、流石に元気だったばあさんも病気には勝てず、とうとうこの世を去る日が近づいてきてしまった。知

らせを聞き、急いで駆けつけ、帰国した正夫婦と定男ら三人を枕元に呼び寄せるとおばあさんは、

「私は定男、誠、哲也、三人もの立派な心優しい働きの者の息子たちに囲まれて、この家で最後まで和やかで楽しく暮らせた事を幸せに思っているよ。本当にありがとう。それに正にも日本に心優しい素晴らしい弟が一度に三人もできた。だからあたしは、じいさんの所に安心して行く事ができるよ。これからも色々な難題にぶち当たる度にみんな今までのように力を合わせて仲良く暮らしてね。たとえ血の繋がりが無くても、お互いに優しい相手への思いやりの心と信頼で強く繋がってさえすれば、本当の家族となれるのよ。まさにあなたたちが私の息子になったようにね。たとえこの先、互いに離れて暮らす事となっても、みんな家族でいられるようにと願っているよ。この家を誰が継ぐかはあなた達でよく話し合い、良い方法を考えさえすればあなたたちの誰がこの家を継ぐかなんてちっぽけな事よ。これからもこの地域が豊かな田畑がいつまでも続くように力を合わせて頑張ってね…」

　と言い残して、その二日後ばあさんは、正夫婦、定男、誠、哲也たちに看取られながら、眠るように安らかな顔で旅立っていった。


　悲しい母との別れの葬儀を滞りなく終えた正は、仏壇を背にし、三人の駆けつけてくれた両親や定男、誠、哲也たちを前に、かしこまって正座し、挨拶をした。

「今まで、母と一緒に暮らしてくださり、その上この家も田畑も守り、この地区一帯を驚く程緑豊かな農地にしてくださった定男君、誠君、哲也君ありがとう。お陰で家も田畑も荒れる事なく残った上、君たちのように素晴らしい弟ができた事は僕にとっては何よりも嬉しい事です。これから先、君たち

もそれぞれ結婚して新たな家族を持つ事でしょう。僕は君たちで話し合い、僕の代わりに、この家を継いでいってほしい」

するると哲也が、

「実は組合の青年部にいる美奈子《みなこ》さんの家の婿養子にとの話があるんだけど…」

とほんのりと顔を赤らめながら打ち明けた。すると待っていたかのように誠も、

「ぼくも最近、近所の林《はやし》さんから後継ぎがいないので是非とも、わしらのこの家や田畑を継いで、農業を続けていってほしいとの話を持ち掛けられていますが…」

と打ち明けた。これには正も定男も両親たちも驚いた。すかさず正は、

「それはいい話じゃないですか。近くでこれまでのように三人が力を合わせて仕事ができるじゃないですか。これも君たちの行いがこの地区の人たちに信頼され認められた結果だよ」

と我が事のように喜びながら、

「それでは定男さん、貴方がこの家を継いでくれませんか」

との二人の頼みに定男の「はい」と明るい力強い返事が返ってきた。

「これで僕はイギリスに永住でき、安心して自分の好きな今の仕事に打ち込めます」

と三人を見つめ、

「それに、日本が恋しくなった時には、家族がいるこの家に何時でも帰ってこられる。僕は最高の幸せ者だ」

と嬉しそうに言った。

居間から見渡せる広々とした田んぼには青々とした苗が空に向かって力強く伸び、爽やかな風に心地よさそうに揺れていた。そこにいるみんなは、もぎたての黄色く熟したびわの甘さに舌鼓を打ちながら、幸せ気分に浸った。そしてその日の夕方、正夫婦は、安心して成田を後にして飛び立っていった。

その晩、ばあさんの仏壇の前で、明日帰る両親と皆が揃い、母親たちが腕をふるった料理で賑やかな夕げの団欒が始まった。

以前に息子たちから知らされてはいたが、おばあさんと初めて出会ったきっかけや、おばあさんと過ごした日々の思い出を懐かしそうに語る息子たちの話を聞き終えた定男の父は、

「本当によくできた優しいおばあさんに巡り会えてお前たちは幸せ者だ。本当だったら警察行きのおまえらをここまでよく導いてくださり、礼を言っても言い切れない程ありがたい気持ちでいっぱいだ」

その言葉に誠、哲也の両親も互いの顔を見合わせながら大きくうなずき合った。すると哲也の父が、

「これ程までに君らが農業を頑張れるとは思わなかった」

と驚いた様子で呟いた。すかさず哲也が、

「三人でやれたから続ける事ができたのだと思うよ」

との言葉を受けて、

「これからの農家は、個人で続けるのは経済的にも人手不足の面でもとても難しい時代にきているよ

うに感じるけど」

と誠。

「そう、今後は、農業を志す人たちが集まり、みんなで知恵と力を合わせて、より安全な美味しい米や野菜、果物などを作っていく必要を感じるなあ」

と定男はしみじみと呟いた。すると哲也の父が、

「わしらの所でも最近は、若者の農業離れが多く、荒れ放題の土地が目立ってきており、農家の後継者不足が問題になってきている」

「うちらの地区も果樹園を継ぐ後継者不足に悩んでいます。他にやりたい事がある子供たちをいやいやながら後を継がせるのもかわいそうだし、人間一度きりの人生を家や土地に縛りつけてしまうのも酷な事だし、…」

と父親たちは酒を酌み交わしながら、お互い親としての苦しい胸の内を打ち明け合いながら話が続いていった。

しばらくすると定男が、

「僕は果樹園を継ぐのは嫌ではなかったが、次男なので他の仕事につくしかなかったけど…僕のように農業をやりたくても土地がなく諦めてしまい、他の仕事に就いている若者も多くいるのではないかな」

それを聞いた父親は、

「わしは長男だったので果樹園を継ぐしかないと思っていたが、実際やってみると大変ではあるが、

近頃では、結構やりがいのある楽しい仕事だと思えるようになってきたよ。米や野菜、果物作りは工夫して手をかければかけるほどそれに応えて、良い結果を出してくれるものだ。災害に遭わないかぎりはな…」

の言葉を受けて、哲也が熱っぽく、

「そのとおりだよ。だから俺なんか子供の頃は田畑の仕事は頭を使わずに体を動かせていればいいと思ってはいたけど、実際やってみると頭と体をフル回転させないと農業は、成り立っていかない仕事だと実感したね。まだまだこれからもやるべき課題でいっぱいだ。僕は、人間の命を繋ぐ、やりがいのあるこの大切な仕事を誇りに思うよ」

と語る息子たちの姿を驚きと嬉しさの混じった顔で両親たちはじっと彼らを見つめながら大きく頷いた。すると、今まで聞き手だった母親たちが、口を開き始めた。

「もし災害に遭い、命が助かったとしても食べ物がなかったら生きていられないわ」

「そうよ、外国産の食料だけに頼っていたら、万が一何らかの理由で食料の輸入がストップしてしまったら、国中大混乱に落ちいってしまうわ」

「だからこそ、食料は国内で生産していく為にも田畑や自然は、これ以上宅地開発で潰したり荒れ地にしておく訳にはいかないわ」

と言いながら、お互い大きくあいづちを打った。

「それにこれからは、安心して食べられるお米や野菜、果物など有機栽培が求められているわ」

との母親たちの熱のこもった話を受けて、

「その為にもこれからは、お互いに協力しながら、得意の分野で力を入れていかなくてはならないなあ。僕は、米作り」

哲也の言葉を受けて誠は、

「僕は主に野菜の栽培に力を入れていくつもりだ。定男兄貴は、得意のびわ栽培だろうな」

との言葉を受けて、定男は大きく頷きながら、

「そう、幸いこの地は、都心に近いので、これからはネット販売など、販売方法を工夫して収穫した物を新鮮な内に多くの人に味わってもらえるようにしていきたいな。それには、これに賛同するより多くの若者たちに呼びかけて、この地の農業をさらに発展させる為に、知恵を出し合い、これからも頑張っていこうよ」

と定男が呼びかけると、

「うん、そうだな」

と二人は大きくうなずいた。彼らの話を聞きながら、親たちは安心し、頼もし気に息子たちを見つめていた。

「そうさな、日本の農家の後継ぎ問題も大きな発想の転換期にきているのかもしれないなあ」

と哲也の父がつぶやくと「その通り」と大うなずいた誠の父は、

「これからの農家の後継者問題は財産、金銭、血縁にとらわれる事なく、本当にこの仕事が好きで、真面目で前向きな姿勢で農業を頑張ってもらえる若者たちに、残された田畑など大切な自然を託すべきではないかなあ」

としみじみと語るのだった。みんな、時の過ぎるのも忘れて、落花生をつまみに酒を酌み交わしながらの話し合いは、ますます盛り上がっていった。

両親たちの話を耳にしながら三人は、これからも更に美味しい、安全で無農薬栽培の米、野菜、果物作りを目指して、知恵と力を合わせて頑張っていこう。そしていつかは、ばあさんから聞いた、彼女の子供の頃の蛍が飛び交う美しい幻想的な自然豊かな地にしていこうと心に誓うのだった。

ふと、定男も誠も哲也も賑やかなこの団欒をいつもの場所で、穏やかな笑顔を浮かべながら、みんなの話にじっと耳を傾けてばあさんが、座っているような気がした。

時の過ぎるのも忘れて話に花を咲かせている賑やかな家の外では、すでに朝焼けが、辺り一帯を赤く美しく染め始めていた。

希望

猿の惑星から

地球からはるか離れた宇宙に「猿の惑星」と呼ばれるある一つの星が存在している。そこに住んでいるのが、サル族と呼ばれる我々である。

幸いな事に、我々の住むこの惑星の存在は、まだ地球上に住む人間どもには発見されていないのである。

不思議な事に、この惑星は、人間の住む地球と、とてもよく似ており、酸素も水もある。それ故に木々や草花、山河ありの豊かな美しい自然に恵まれていて、我らサル族や色々な動物たちも数多く生息しているのである。

まさにこの星は、神の創り賜わった平和でのんびりとした楽園のような世が、遥か遠い昔から今日に至るまで脈々と続いているのである。

主な住民は、サル族と呼ばれている我々である。しかしながら、一口に猿といっても、地球上に存在している猿とは少し異なっている。

体型は人間と同じ二足歩行である。体中毛に覆われているので、人間が身に着けている服とやらは不要である。ただ顔には毛がなく地球上の人間と、とても似ている。が、我々は、人間より遥かに高い頭脳と理性、判断力を持っているばかりではなく、生来人間のように傲慢、どん欲、出世欲などは持ち得ていない。誰もが、温かく広い心と冷静な判断力や高度な思考力、推察力など持ち、豊かな共調性を備え持っている種族である。

それ故、未だかって、争いごとや犯罪は一度たりとも起きた事がない。だから、犯罪を取り締まる警察も存在していない。誰もが安心して天から与えられた幸せな生涯を全うする事の出来る、あたかもパラダイスのような星である。

この惑星に住んでいる我々は、高度な知恵で先祖の優れた技を大切に引き継ぎ、自然を破壊する事なく、他の生き物たちと争う事なく、お互いの生活領域を侵さずに共に平和で安心して暮らしているのである。

それに驚く事なかれ。数百年前から、我々の持つ高度な知識と技術により、地球の存在やそこに暮らしている人間については、かなり知り尽くしているのである。その技術など詳細な事は今は人間にはとても教えられないが…。

地球上では、遠い昔から人間同士の権力争いで、互いの人間の命を落とし合っている。それどころか、今日に至っては、自らの手で苦心し発明し、開発してきた便利なものまでも、人の命を奪うおそろしい兵器（ミサイル爆弾）として使用され、せっかく作り上げた住まいも貴い命でさえも一瞬で奪い取られている。この醜い戦争の現状に「人間とは、なんて愚かな生き物であろう」と呆れかえっているると同時に地球上に住んでいる他の生き物たちにも同情の念を抱いているのである。

その原因は、我々サル族と違って、人間という生き物は、誰もが心の中に善と悪の両方を兼ねそなえ持っているからである。

その両方の善と悪の行いをコントロールしているのが理性であり人間で言う道徳感である。

それ故、地球上には、色々な宗教も存在しているようだ。

人間の心の善と徳を説いた素晴らしい宗教もあれば、逆に男女の差別や職業などを規制する我々にとってはどうも理解しがたいような宗教もあり、かつては、互いに相容れぬ思想で宗教戦争も起きたと聞くが…これでは宗教などない方がいいのではないかと思われるのだが……。

そこへいくと、我々は、誰もが天地への恐れと敬意の念と相手に対して慈愛の心を抱いて暮らしているので、特別に宗教などは不必要なものである。地球上の人間にも正義感や愛の心を持ち得ている人々が多い事も確かである。それ故我々は、彼らに親しみを感じるのであろう。

しかしながら残念な事に、人間の持っている業（金、権力、出世欲）に侵されたごく少数の人々が、幅を利かせ今日の地球を牛耳っている。

それと、人間はより便利なものを意欲的に開発し、生活の中に直ちに取り入れているのである。後先の事は余り考えずに。

何でも手に入る便利な金という貨幣の欲望に振り回されたり、楽な生活にどっぷりとつかって暮らしているようである。自分だけの利益の為に、楽をして贅沢な生活を送っている輩が幅をきかせている今の現状。それ故貧富の格差が大きく、争い事や凶悪な犯罪が絶えず行われている悲しい現実の人間社会だ。

そればかりではない。今や地球は、人間が便利で楽な生活を求めすぎた為に生きていく為に一番大事な周りの自然を破壊し続けてきた結果、最も恐ろしい地球温暖化現象を引き起こしてしまったのである。だがなおも、人間はこれまでの便利な生活をさらに追求している。「夢に向かって…」と言わんばかりに。どうも一度楽をしてしまった生活を元に戻す事はとても難しいようである。

それ故、地球自体に異変が起こり、世界中で洪水や森林火災など…の自然災害が多発し、多くの人や他の生き物たちが犠牲になっている。地球は、すでに壊れかかっていると分かってはいるものの…悲しいかな、それを守ろうと取り組んでいる人間は、一握りである。風前の灯の地球なのに…。

我々種族から見ると、人間という生き物は、賢いようで洞察力に欠け、すぐに新しいものへと飛びつく、なんと悲しい人種であろうと…気の毒でため息がもれる。


さてここで、この惑星に住む我らサル族について少し打ち明けておこう。

我々種族は、体を動かす事が大好き。豊かな自然の恩恵をたっぷりうけ、労働を尊び、みんなで知恵と力を合わせ、語り合い、誰もが食べていける、安心してのんびりと平穏な生活を送る事が出来る世の中に創り上げてきたのである。

一同が集まり、互いの個性を尊重し合いながら要望などを、世の中全体のサル族の平等な生活を持続するように長い時間をかけて、話し合い、ルールを決めて初めて実行に至るのである。それ故に、この惑星では、互いにトラブルなく安心して暮らしているのである。

たとえ便利なものを発明しても決して安易に取り入れたりはしない。ゆくゆくみんなの為にならないものはこれ以上開発はしないと決める。そこが新しいものへとすぐ飛びつきやすい人間とは違うのである。

もともと我々種族は、互いに誰が偉いの、誰が強いのなんていうくだらない差別意識は持ち得ていない、利己主義的な考えも持ち得ずに、個々の個性をお互い認め合い、大切にしている社会である。それに自然を破壊してまでも、もっと楽な良い暮らしを追求したりする事を望んだり、それを素晴らしい事だとは誰もが考えてはいないのである。

我々は、人間と同じで、探求心はとても強い。それ故、太陽の光エネルギーなど人間よりもはるか以前からその恩恵に与り、それをうまく活用して豊かな自然の中で暮らしているのである。ここには、高層ビルなどなくて、身近な自然をうまく利用した住処で暮らしている。自然破壊の行為などは、とても恐ろしい事と考えている。むしろ安心してこの惑星の上で子孫を後の世まで残していける世の中を目指してきているのである。

我々が特に力を入れている開発は、医学・自然災害対策・食料の増産技術、保存方法などである。

〈医学〉

命を脅かす病原菌には我々は、とても敏感で、古くから高度な医学の研究は大切に黙々と続けられている。その為、優れた医療体制のもと誰もが予防接種などでほとんど病気にかからずに、命をまっとうできているのである。

〈自然災害対策〉

我々もかつて突然に襲いかかる自然災害、日照り、山崩れなどに襲われて大事な命や住まいを奪われた事もある。そこでこれらの災害に備えて、種族一丸となり、万全な予防対策の推進や、互いに協力し合い助け合ってこれらの難局を乗り切ってきたのである。今後も脈脈と続けていかなければならない我々の重要課題でもある。

〈食料確保と保存対策〉

野菜などの食料を自然肥料を利用して、たゆまぬ増産や品種改良を重ねたり、長期の保存方法を生み出し、今日に至っているのである。驚く事なかれ、いまや災害時でも食料や水などの心配なく生活できる程に進化してきたのである。

誰もが主に自然からの授かりものの食べ物を食して満足しており、人間のようにたらふく食べたり、美味しい食事を欲しがるような贅沢はしない。あくまでも健康に気遣っているのである。その為か肥満体のサルはいまだかつて出くわした事がない。

皆よく眠り、無理をせぬ程度によく動き、よくおしゃべりし、よく笑い、互いに助け合いながら一日一日をのんびりと過ごしているのである。

それに、他の生き物の領域には、決して介入したり、侵したりはしない。それ故、地球上の人間と動物たちとの衝突などはこの星では見られないのである。

〈豊かな文化・スポーツの推進〉

生活を豊かな楽しいものにする芸術・音楽・絵画・スポーツなどもあちこちで盛んに行われている。それぞれがそれぞれの得意分野で活動して、好きなものを見たり、聴いたり、教え合ったり、試してもらったり、応援し合ったりして、心豊かな日常を送っているのである。

こんな、我々の社会の組織のあり方の詳細の事柄は今はこのくらいにしておこう。

最後に人間どもよ…素晴らしい思考力まで人工知能（ＡＩ）に頼らないでほしい。人間自らの貴重な思考力を放棄せずに一人一人が、愛と正義と包容力とたゆまぬ努力、協力、助け合いの精神で労働を尊び、平和で、誰もがそして全ての生き物たちが安心して暮らせる地球を取り戻してほしいと心から祈っている。

人間たちよ、我々の星から天体望遠鏡で覗く、広大な宇宙空間に美しく青く浮かび上がってくる素晴らしい地球という星がこれからも永遠に輝き続け、そこで誰もが安心して暮らせる平和な地球を一刻も早く取り戻してと…願いを込めながら…。

このへんでお別れとしよう。

著者プロフィール

夢路 はる（ゆめじ はる）

（本名）生井はる江。
1944年7月15日山梨県に生まれる。
埼玉県蕨南小学校に3年勤務の後、横浜市の小学校に勤務し、定年退職。
2020年『さざなみ集』を創英社より出版。
2023年『語り伝えていきたい戦後日本の生活の変化』を文芸社より出版。
横浜市青葉区在住。

福寿草

2025年3月15日　初版第1刷発行

著　者　夢路 はる
発行者　瓜谷 綱延
発行所　株式会社文芸社
〒160-0022　東京都新宿区新宿1－10－1
電話　03-5369-3060（代表）
03-5369-2299（販売）

印刷所　TOPPANクロレ株式会社

ISBN978-4-286-26238-3